W9-BAH-876

YASMIN

la constructora

escrito por
SAADIA FARUQI

ilustraciones de
HATEM ALY

PICTURE WINDOW BOOKS
a capstone imprint

A Mariam por inspirarme, y a Mubashir
por ayudarme a encontrar las palabras
adecuadas — S.F.

A mi hermana, Eman, y sus maravillosas
niñas, Jana y Kenzi — H.A.

Publica la serie Yasmin por Picture Window Books,
una imprenta de Capstone,
1710 Roe Crest Drive
North Mankato, Minnesota 56003
www.capstonepub.com

Texto © 2020 Saadia Faruqi
Ilustraciones © 2020 Picture Window Books

Translated into the Spanish language by Aparicio Publishing

Los datos de CIP (Catalogación previa a la publicación, CIP) de la Biblioteca
del Congreso se encuentran disponibles en el sitio web de la Biblioteca.

ISBN 978-1-5158-4661-1 (hardcover)
ISBN 978-1-5158-4697-0 (paperback)
ISBN 978-1-5158-4680-2 (eBook PDF)

Resumen: Todos tienen buenas ideas para el proyecto de construcción,
menos Yasmin. Las mejores ideas ya las han elegido. ¡Por suerte, el problema
se resuelve a la hora del recreo! Yasmin encuentra la inspiración y crea algo
que unirá a toda la clase.

Editora: Kristen Mohn
Diseñadora: Aruna Rangarajan

Elementos de diseño:
Shutterstock: Art and Fashion

CONTENIDO

Un nuevo proyecto

La Srta. Alex entró en el salón

de clases con una caja grande.

—¡Hoy vamos a construir

una ciudad! —anunció.

Los estudiantes tenían mucha

curiosidad. Todos se pusieron alrededor

de la Srta. Alex mientras abría la caja.

Había tubos, cinta adhesiva,

palos largos y ruedas.

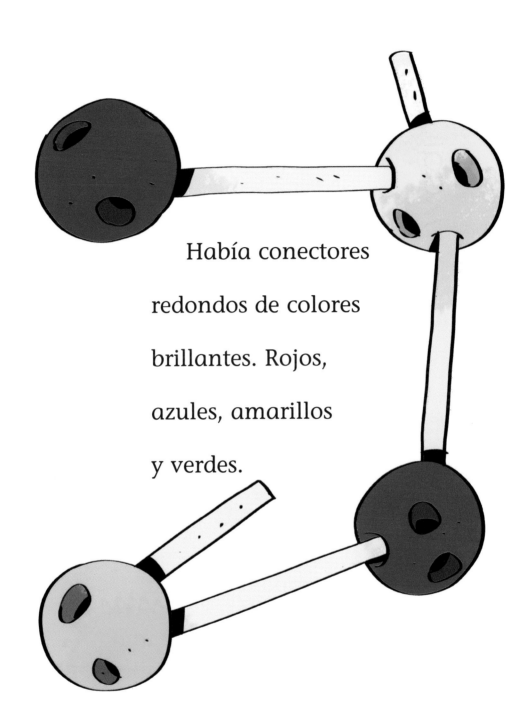

Había conectores

redondos de colores

brillantes. Rojos,

azules, amarillos

y verdes.

Yasmin observó a la Srta. Alex esparcir las piezas por toda la alfombra del salón.

—¿Cuándo podemos empezar? —preguntó Ali. Estiró la mano para agarrar un palo largo.

—Todavía no —contestó la Srta. Alex—. Primero dibujarán su idea en un papel. Así sabrán qué materiales necesitan.

—¡Qué aburrido! —dijo Ali.

Lentamente, Yasmin sacó una hoja de su escritorio. Hizo garabatos. Dibujó. Suspiró.

¿Cómo iban a construir una
ciudad con las piezas que había
en el piso? Ella no sabía qué quería
construir. ¿Una montaña rusa?
¿Un apartamento? ¿Un zoológico?

Capítulo 2

Listos para construir

Por fin, la Srta. Alex les dijo a los estudiantes que empezaran sus edificios.

—Piensen en lo que hay en una ciudad —dijo—. ¡Sean creativos!

Ali lo hizo muy rápido. En unos minutos, construyó un castillo.

—¡Un castillo en una ciudad!

Ojalá hubiera pensado yo eso

—dijo Yasmin.

Emma lo hizo más despacio.

Construyó una iglesia muy alta

con un campanario puntiagudo.

—Ahora tengo que poner personas

—dijo Emma.

Yasmin se sentó en una esquina
y observó a los demás. Se mordió
el labio. Era más difícil de lo que
había imaginado.

—Yasmin, ¿por qué no estás
construyendo algo? —preguntó
la Srta. Alex.

—Porque todas las ideas buenas ya las han elegido —dijo Yasmin.

—Piensa, ¿qué es lo que más te gusta hacer en una ciudad? —preguntó la Srta. Alex.

Yasmin se encogió de hombros.

—Me gusta pasear. Pero para eso no hace falta construir nada.

Yasmin unió dos palos largos lentamente. Después, dos más. No tenía ni idea de lo que estaba construyendo. Pero por lo menos parecía que estaba haciendo algo.

¡CRAS!

La torre de palos de Yasmin

se derrumbó. Se tapó la cara

con las manos. ¡Vaya desastre!

Capítulo 3

Conectar los puntos

Pronto, sonó la campana del recreo.

—Podemos terminar cuando regresemos —dijo la Srta. Alex.

Todos los estudiantes salieron, pero Yasmin se quedó. Observó los edificios en el salón de clases. Vio el castillo de Alex y la iglesia de Emma.

Había una escuela y tres casas.

Un edificio alto que parecía un hotel.

Un supermercado, una gasolinera

y un cine.

Y el montón de piezas de Yasmin.

Desde ahí, oía a los niños que

jugaban afuera.

—A lo mejor esta tarde vamos
a dar un paseo —oyó que decía
la Srta. Alex.

Eso le dio una
idea a Yasmin. Se
puso a trabajar
y recogió todos
los bloques, los palos
y el cartón que nadie
había usado. Los juntó por aquí
y por allá.

La campana del recreo sonó
justo cuando estaba terminando.
Todos entraron.

La Srta. Alex estaba

sorprendida.

—Yasmin, ¿qué es esto?

Yasmin sonrió orgullosa.

—Los edificios estaban muy solos. Los junté todos con calles y puentes.

—¡Ahora la gente puede

visitarse y salir a pasear!

—Qué idea más buena,

Yasmin —dijo la Srta. Alex.

—¡Bravo por Yasmin,

la constructora de puentes!

—dijo Emma.

Piensa y comenta

* Yasmin no sabía qué construir para la ciudad que estaba haciendo su clase. ¿Qué haces tú para tener ideas? Si participaras en el proyecto de la ciudad, ¿qué construirías?

* ¿Qué es lo que más te gusta de tu ciudad o tu vecindario? ¿Qué te gustaría que fuera diferente?

* Piensa en algún momento en el que trabajaste en un proyecto con un compañero o un amigo. ¿Te resultó más fácil tener ideas al trabajar con un compañero?

¡Aprende urdu con Yasmin!

La familia de Yasmin habla inglés y urdu.
El urdu es un idioma de Pakistán.
¡A lo mejor ya conoces palabras en urdu!

baba—padre

hijab—pañuelo que cubre el cabello

jaan—vida; apodo cariñoso para un ser querido

kameez—túnica o camisa larga

mama—mamá

naan—pan plano que se hace en el horno

nana—abuelo materno

nani—abuela materna

salaam—hola

sari—vestido que usan las mujeres en Asia del Sur

Datos divertidos de Pakistán

Yasmin y su familia están orgullosos de su cultura pakistaní. ¡A Yasmin le encanta compartir datos de Pakistán!

Localización

Pakistán está en el continente de Asia, con India en un lado y Afganistán en el otro.

Capital

La capital es Islamabad, pero la ciudad más grande es Karachi.

Deportes

El deporte más popular en Pakistán es un juego de bate y pelota llamado cricket.

Naturaleza

En Pakistán está la K2, la segunda montaña más alta del mundo.

¡Construye un castillo con Yasmin y Ali!

MATERIALES:

- caja de zapatos
- papel de construcción de colores
- tijeras
- cinta adhesiva o pegamento
- marcadores
- envase vacío de avena, tubos de cartón de las toallas de papel o cualquier otro cilindro de cartón
- corcho de manualidades
- popote de plástico o palito de bambú

PASOS:

1. Envuelve la caja de zapatos con el papel de construcción y pégalo. Dibuja ventanas y una puerta. Pon la caja boca abajo.

2. Corta papel para cubrir varios tubos y cilindros y pégalo. Pega los tubos a la caja con pegamento o cinta adhesiva para hacer las torres del castillo.

3. Dibuja ventanas en las torres.

4. Para hacer los tejados de las torres, corta el corcho en conos pequeños y pégalos encima de los tubos.

5. Corta el papel de construcción para hacer una bandera y pégala a un popote o un palito. ¡Pega el palo de la bandera a la torre de tu castillo!

Saadia Faruqi es una escritora
estadounidense y pakistaní, activista
interreligiosa y entrenadora de sensibilidad
cultural que ha salido en la revista
O Magazine. Es la autora de la colección
de cuentos cortos para adultos *Brick Walls:*
Tales of Hope & Courage from Pakistan
(Paredes de ladrillo: Cuentos de valentía
y esperanza de Pakistán). Sus ensayos
se han publicado en el *Huffington Post,*
Upworthy y *NBC Asian America*. Reside
en Houston, Texas, con su esposo
y sus hijos.

Hatem Aly es un ilustrador nacido
en Egipto. Su trabajo ha aparecido en múltiples
publicaciones en todo el mundo. En la actualidad
vive en el bello New Brunswick, en Canadá,
con su esposa, su hijo y más mascotas que
personas. Cuando no está mojando galletas
en una taza de té o mirando hojas de papel
en blanco, suele estar dibujando libros. Uno
de los libros que ilustró es *The Inquisitor's Tale*
(El cuento del inquisidor), escrito por Adama
Gidwitz, que ganó un Newbery Honor y otros
premios, a pesar de los dibujos de Hatem
de un dragón tirándose pedos, un gato
con dos cabezas y un queso apestoso.

¡Acompaña a Yasmin en todas sus aventuras!

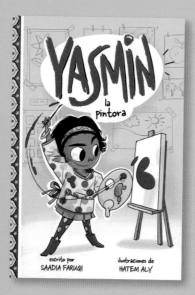

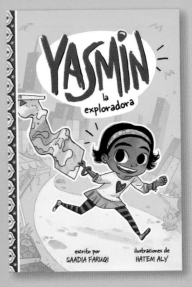

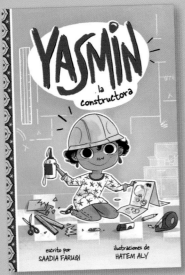

Descubre más en

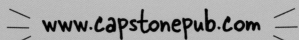